Jacques Offenbach

Perichole, die Straßenfängerin

Operette in 3 Akten

Jacques Offenbach

Perichole, die Straßenfängerin
Operette in 3 Akten

ISBN/EAN: 9783743361263

Hergestellt in Europa, USA, Kanada, Australien, Japan

Cover: Foto ©Andreas Hilbeck / pixelio.de

Manufactured and distributed by brebook publishing software
(www.brebook.com)

Jacques Offenbach

Perichole, die Straßenfängerin

Arien und Gesänge

aus

Perichole,
die Straßensängerin.

Operette in 3 Abtheilungen

von

Meilhac und Halévy.

Deutsch von L. Kalisch.

Musik

von

Jacques Offenbach.

Ausschließl███████████thum von
Ed. Bote und G. Bock,
(E. Bock),
Hofmusikhandlung JJ. MM. des Königs u. der Königin u. Sr. Königl. Hoheit
des Prinzen Albrecht von Preußen.

Berlin 1870.

Personen.

Don Andreas de Ribeira, Vicekönig von Peru.
Graf Panatellas, erster Kammerherr.
Don Pedro, Gouverneur von Lima.
Marquis von Tarapote.
Erster Notar.
Zweiter Notar.
Erster Gast.
Zweiter Gast.
Ein Höfling.
Erster Mann aus dem Volke.
Zweiter Mann aus dem Volke.
Ein Huissier.
Piquillo, Straßensänger.
Perichole, Straßensängerin.
Brambilla.
Ninetta.
Manuelita.
Frasquinella.
Guadalena ⎞
Verginella ⎬ Drei Cousinen.
Mastrilla ⎠

Peruaner, Peruanerinnen, Höflinge, Hofdamen, Pagen,
Garden und Gaukler.

– Ort der Handlung: Lima.

Erster Akt.

Oeffentlicher Platz zu Lima.

Nr. 1.
Chor.

Des Vicekönigs Namenstag ist heute
    Vivat! Hurrah!
Was Jeder hier verzehrt, ihr wackern Leute,
    Er zahlt es ja!
Man sagt: Nun tanzt und springt,
Springt und tanzet hoch erfreut;
Alles, was ihr eß't und trinkt
Kostet keinen Heller heut.
    Des Vicekönigs Namenstag ist heute u. s. w.

Couplets.
I.
Guabalena.

Zum prompten Dienst für uns're Kunden
Sind wir, die drei Cousinen, hier
In dieser Schenke stets verbunden

1*

Und guten Wein verzapfen wir.
Sprecht ein, sprecht ein! Hier guten Wein!
Chor.
Hierher! Hierher! Schenkt ein! Schenkt ein!
Guadalena.
Fürwahr, wohl nirgends in der Welt
Wird man so trefflich Euch bedienen.
Ein schöner Platz, ein heitres Zelt
Und guten Wein für wenig Geld
Hier, hier bei den drei Cousinen.

Chor.
Ja, guten Wein für wenig Geld
Giebt's hier, bei den drei Cousinen.

II.
Berginella.
Fehlt hier die Erste der Cousinen,
So wendet schnell Euch an die Zweit';
Und kann auch diese nicht bedienen,
Ist doch die Dritte noch bereit.
Sprecht ein, sprecht ein! Hier guten Wein!
Chor.
Hierher! Hierher! Schenkt ein! Schenkt ein!

III.
Mastrilla.
Drei junge, frische, dralle Mädchen,
Die auf's Geschäft sich gut verstehn —

Da muß doch Alles wie am Fädchen,
Da muß doch Alles trefflich gehn.
Sprecht ein, sprecht ein! Hier guten Wein!

Chor.

Hierher! Hierher! Schenkt ein! Schenkt ein!
Für wenig Geld sehr guten Wein
Giebt's hier bei den drei Cousinen!

Nr. 2.

Chor.

Da tritt der Vicekönig auf,
Seid still und achtet nicht darauf!
Wir Alle kennen ihn ganz gut;
Doch daß er nur nichts merken thut.

Couplets.

I.

Don Andreas.

Zu Haus ließ ich Scepter und Krone,
Schlich mich durch's Gartenpförtchen fein.
Man sitzt sich steif auf einem Throne
Und schläft vor Langweil darauf ein;
Drum hab' ich mein Costüm geändert.
Kein Mensch erkennt den König so —
Wenn er als Arzt die Stadt durchschlendert
    Incognito!

Chor.

Welch' prächtiges Incognito!

Don Andreas.

Das ew'ge Herrschen wäre fatal,
Ging man zum Spaß nicht manchesmal
Incognito!

Chor.

Laß't ihn nur sein Incognito!

II.

Don Andreas.

Und bin ich müde vom Regieren,
Dann zieh' ich bürgerlich mich an
Und gehe durch die Stadt flaniren
Wie ein gemeiner Unterthan.
Find' ich ein Weibchen schmuck und wacker,
So brennt mein Herz gleich lichterloh; —
Ich bin ein loser kleiner Racker
Incognito!

Chor.
Welch' prächtiges Incognito!

Don Andreas.

Das ewige Herrschen wär' fatal,
Ging' man zum Spaß nicht manchesmal
Incognito!

Chor.
Laß't ihm nur sein Incognito!

Nr. 3.

Piquillo.

I.

Zur Eingebor'nen sprach der span'sche Krieger:
„Fatma, Du bist als Kriegesbeute mein.
Du weißt es wohl; denn ich steh' hier als Sieger;
Doch heilig soll mir Deine Unschuld sein.
Nun gehe hin und sage Deinem Stamme:
Dem Frembling kümmerte mein traurig Loos.
Und er bekämpfte seiner Sehnsucht Flamme.
Ein Spanier ist stets so keusch und groß."

Beide.

Ein Spanier ist stets so keusch und groß.

Perichole.

Zweite Strophe!

II.

Da richtet sie auf ihn das Aug' mit Bangen;
Die Großmuth kam ihr gar zu spanisch vor.
Nicht nach der Freiheit steht jetzt ihr Verlangen;
Der Krieger ist's, den sich ihr Herz erkor. —
Ein Jährchen d'rauf wiegt sie, o welche Freude!
Ein Pfand der Zärtlichkeit auf ihrem Schooß
Und die beglückten Eltern singen Beide:
„Er ist ein Spanier — drum wird er einst noch groß!"

Beide.

Er ist ein Spanier — drum wird er einst noch groß!

Nr. 4.

Perichole.

Brief-Lied.

Ich schwör' es, ich lieb' Dich unsäglich
Und ich liebe Dich täglich mehr;
Aber, ach! unser Loos ist zu kläglich;
Das Mißgeschick drückt uns zu schwer.
Du selbst wirst begreifen: Wir können
So nicht mit einander bestehn;
Wir müssen einstweilen uns trennen,
Um später uns wieder zu sehn.
So süß auch die glühenden Triebe,
Durch die unsre Herzen vermählt —
Zur Folter wird, ach! die Liebe,
Wenn grausam der Hunger uns quält.
Ich bin Weib nur — mein Name ist Schwachheit;
Und mir scheint, das ist wohl ein Grund;
Denk', noch kein Stück Brod nahm ich, ach! heut
Den ganzen Tag in meinen Mund. —
Sehr betrüben wird Dich dies Schreiben;
Doch bringt die Zeit wohl Balsam Dir.
Treu werd' ich immer Dir bleiben
Im Wesentlichen —, glaub' es mir.
Ja, ich thue zu unf'rem Wohle,
Nur was Vorsicht und Klugheit mir räth;
Lebe wohl! — Deine Perichole,
Die vor Lieb' und vor Hunger vergeht.

Nr. 5.

Finale.

Chor.

Holla he! Herbei geeilt,
Neues wird hier mitgetheilt!
Einen Hauptspaß giebt's fürwahr;
Copulirt wird hier ein Paar.
Dessen Wohl nun trinken wir,
Zahlen keinen Deut dafür.
Nun herbei auf rascher Sohl'
Trinket auf des Brautpaar's Wohl!

Guabalena.

Da sehet die Notare nah'n;
Auch ihre Schreiber kommen an!

Berginella.

Mir scheint, sie können nicht mehr stehn.

Mastrilla.

Ach seht, wie sie im Zickzack gehn!

Die drei Cousinen.

Ha seht, wie sie im Zickzack gehn!

Chor.

Ha seht, wie sie im Zickzack gehn!

Die beiden Notare.

Schwanket nicht bald hin, bald her;
Führt uns nicht so kreuz und quer.

Erster Notar.

Ei, der Xeres schien mir herb.

Zweiter Notar.

Doch der Malaga süperb!

Erster Notar.

Der Madeira, welch' ein Feuer!

Zweiter Notar.

Herr Collega, ungeheuer!

Erster Notar.

Alicante ganz famos!

Zweiter Notar.

Steigt mir schnell zu Kopf kurios.

Erster Notar.

Und der Portwein, der war gut!

Zweiter Notar.

Ja, doch geht er mir in's Blut.

Die beiden Notare.

Schwanket nicht bald hin, bald her;

Führt uns nicht so kreuz und quer!

Don Pedro.

Nun, lasset jetzt mich los, Ihr Herrn;

Die Schreiber führen Euch wohl gern.

Die drei Cousinen.

Ha seht, wie sie im Zickzack gehn!

Chor.

Don Andreas.

Wohlan, nun wird es Zeit.

Don Pedro.

Es ist auch Alles schon bereit.

Don Andreas.

Das Bräutchen naht befangen.

Chor.

Das Bräutchen naht befangen.

Don Andreas.

Wie Rosen glühn die Wangen;
Sie scheint etwas erregt.

Chor.

Wie Rosen glühn die Wangen,
Sie scheint etwas bewegt.

Perichole.

I.

Ich habe lang' bei Tisch gesessen;
Ich habe viel und gut gegessen
Und trank dabei so viel, so viel,
Daß unter uns gestehn ich will:
Ich bin etwas angerissen.
Doch still!
Niemand darf es wissen!
St!

II.

In meinen Augen glühen Flammen;
Ich schwatze tolles Zeug zusammen;
Die Beine gehen kreuz und quer.
Das kommt davon; das kommt daher:
Ich bin etwas angerissen.
Doch still!
Niemand darf es wissen!
St!

Don Andreas.

Sie ist ein Engel, meine Herrn.

Perichole.

Nun sagt mir im Vertrau'n,
Was soll jetzt mit mir gescheh'n?

Don Andreas.

Mein Kind, ich laß Dich trau'n.

Perichole.

Nein, nein! wird nicht eingewilligt.

Don Andreas u. Panatellas.

Du hast ja eben es gebilligt.

Perichole.

Ja, als ich hung'rig war —
Hat man gespeist, dann kommen beßere Ideen.

Don Andreas.

Wie, Deinem gütigen Herrn
Wagst Du zu widerstehn?

Perichole.

Ich wag' es! —

Panatellas.

Geduld, bald giebt sie nach. —

Don Andreas.

Holt schnell herbei ren Mann!

Don Pedro.

Da kommt, da kommt er schon heran!

Chor.

Zwar die Andern waren voll;
Dieser aber trank zu toll!
Er allein hat mehr schlampampt,
Als alle Andern in's gesammt!

13

Perichole.

Er ist's — 's ist Piquillo! — —

Don Andreas.

Du wünschest? — sage an!

Perichole.

Seib nicht so böse mehr — den da nehme ich zum Mann!

Piquillo.

Gegrüßt, Ihr Herren — ich sag' Euch ohne Hehl —
Ich weiß zwar nicht weshalb — doch bin ich kreuzfidel.
Ich hab' getrunken frisch und frech
Und jetzt muß zahlen ich die Zech'!
Das Trinken war höchst angenehm;
Die Heirath find ich unbequem!
Sagt, Ihr Leutchen, wo ist's Bräutchen?

Die drei Cousinen.

Hier steht sie — sieh doch nur.

Panatellas.

Du siehst die nicht?

Piquillo.

Ich sehe keine Spur!

Panatellas.

Seid Ihr die Braut?

Perichole.

Ich bin's!

Piquillo.

Wollt so gefällig sein,
Mir für einige Worte nur Euer Ohr zu leih'n.

Couplet.

Ich muß es jetzt gesteh'n, Madame,
's ist meine Pflicht!
Ich lieb' von Herzen eine Dame;
Doch Sie sind's nicht.
Drum werb' ich immer mit Vergnügen
Sie sollen's sehn —
So viel wie möglich Sie betrügen
Und hintergeh'n.

Perichole.

Ei, ich lobe mir den alten Brauch —
Doch wer mich hintergeht, den hintergeh' ich **auch.**

Piquillo.

Mich hintergeh'n?

Perichole.

Das wird gescheh'n.

Beide.

Ei! ei! Das werden wir schon sehen.

Don Andreas.

Dies Schwatzen ist nicht zu verdauen! —
Man spute sich und laß' sie trauen!

Chor.

Man spute sich und laß' sie trauen.

Perichole.

So reicht denn Eure Hand mir her!

Piquillo.

Hier ist die Hand, mir wird's nicht schwer.

Perichole.

Ihr scheint beduselt mir zu sein.

Piquillo.

's ist Wirklichkeit und nicht blos Schein.

Beide.

Welch' glücklich Loos ist uns bereit,
Welch' angenehme Häuslichkeit!

Don Andreas.

Durch das Gesetz ist sie bald sein
Und wird in Folge dessen mein!

Panatellas.

Ich sorge, das sein Herz stets flammt;
Denn das hält mich in meinem Amt.

Don Pedro.

Ha, möchte dies Evenement
Mir helfen zum Avancement!

Die beiden Notare.

Nun schnell das Pärchen copulirt!
Und alsdann tüchtig poculirt!

Die drei Cousinen.

Nun schnell das Pärchen copulirt!
Es wird dann sicher poculirt!

Chor.

Lächelnd strahlt aus Beiden,
Lieblich das Geschick,
Wahrlich, zu beneiden
Ist ein solches Glück!
Herrlich ist das Leben,
Wenn uns perlt der Wein;
Von den Lippen schweben
Süße Melodein.

Erster Notar.

Zuerst erkläret mir als Mann,
Daß diese Ihr zur Frau begehret.

Piquillo.

Ja, ja, ja, ja!

Männerchor.

Ja, ja, ja, ja!

Zweiter Notar.

Antwortet mir, wie sich's gehöret,
Ob Ihr wollt nehmen Den zum Mann?

Perichole.

Ja, ja, ja, ja!

Frauenchor.

Ja, ja, ja, ja!

Die beiden Notare.

Nehmt Euch denn hin für immerdar!
Ihr seid gesetzlich nun ein Paar.

Chor.

Ihr seid gesetzlich nun ein Paar.
Lächelnd strahlt aus Beiden 2c.

Perichole.

So reicht denn Eure Hand mir her.

Piquillo.

Hier ist die Hand; mir wird's nicht schwer.

Perichole.

Ihr scheint beduselt mir zu sein.

Piquillo.

's ist Wirklichkeit und nicht blos Schein.

Chor.

Hoch leb' dieses Paar!
Heut' und immerbar!

Don Andreas.

Jetzt wird das Pärchen separirt
Und zum Palais gleich abgeführt!

Panatellas.

Wie separirt?

Don Andreas.

Wie sich's gebührt.

Chor.

Die Nacht ist weit schon vorgerücket;
Führt sie nun zum Pallaste fein.
Daß Beide in der Eh' beglücket,
Daran kann kaum ein Zweifel sein.

Piquillo.

Ein Jährchen drauf wiegt sie, o welche Freude!
Ein Pfand der Zärtlichkeit auf ihren Schooß.

Perichole.

Und die beglückten Eltern singen Beide:
„Er ist ein Spanier — drum wird er einst noch groß!"

Alle.

Er ist ein Spanier — drum wird er einst noch groß.

(Der Vorhang fällt.)

Zweiter Act.

Sommersaal im Palaste des Vicekönigs.

Nr. 6.
Chor.

Gnäd'ger Herr, erholt Euch nur;
Zeigt doch eine Lebensspur!
Laßt Eu'r feurig Auge strahlen!
Seid ja sonst stark von Natur.
Sehet uns're Angst und Qualen,
Gnäd'ger Herr, erholt Euch nur.

Ninetta.

Schnell dies Flacon! Ich möchte wetten,
Es hilft ihm gleich im Augenblick!

Frasquinella.

Wenn wir nur 'nen Schlüssel hätten,
Ihm zu stecken in's Genick!

Brambilla.

Ha seht doch, ha seht wie gräulich
Schnitt er eben ein Gesicht.

Manuelita.

Kleidet dies ihn auch abscheulich,
Zeigt's doch, daß er todt noch nicht.

Alle.

Ja, er lebt!
Gnäd'ger Herr, erholt Euch nur u. s. w.

Nr. 7.

Couplets.

Ninetta.

I.

Man rühmt an ihr die holden Züge,
Den Blick, den Wuchs so wunderbar!
Sagt doch, ob das Gerücht nicht lüge?
Ob, was man sagt, auch wirklich wahr?

Frasquinella.

Voll Sanftmuth sei sie wie die Taube,
Zumal wenn blickt der Abendstern —
Wenn ich's auch mit Vergnügen glaube.
Doch hätt' ich wohl Gewißheit gern!

Piquillo.

Welch' toll' Geschwätz! Welch' Albernheiten!
Der Teufel soll die Basen reiten.

Ensemble.

Ei, ei, wie jetzt die Sachen steh'n,
Seh'n Sie die gnäd'ge Frau wohl wenig.

Nun, wenn Sie heute zu ihr geh'n,
Empfehlen Sie uns unterthänig!

II.

Man flüstert wohl noch and're Dinge;
Um die ich nicht gern frägen möcht';
Und wenn ich mich's auch unterfinge —
Sie wissen's selber wohl nicht recht.

Manuelita.

Sie wissen nichts, gar nichts zu sagen
Von Ihrer Eh' — wie sonderbar!
Doch was sie Ihnen eingetragen,
Das wissen Sie sehr wohl. Nicht wahr?

Piquillo.

Welch' toll' Geschwätz! Welch' Albernheiten!
Der Teufel soll die Basen reiten.

Ensemble.

Ei, ei, wie jetzt die Sachen steh'n,
Seh'n Sie die gnäd'ge Frau wohl wenig,
Nun, wenn Sie heute zu ihr geh'n,
Empfehlen Sie uns unterthänig!

Tarapote.

Empfehlen Sie uns unterthänig'

Nr. 8.

Die Hofleute.

Welch' ein schönes Interesse,
Welch' ein Mangel an Schaam,

Daß des Königs Maitresse
Er zum Weibe sich nahm!

Die Hofleute.

Man sieht ohne Finesse,
Warum so sehr zahm
Des Königs Maitresse
Er zum Weibe sich nahm.

Piquillo.

Aber meine Herren, hören Sie doch nur —

Die Hofleute.

Ha, Indelikatesse!
Wir erklären infam,
Und wer des Königs Maitresse
Hier zum Weibe sich nahm.

Piquillo.

Nun wird mir's aber zu toll!

Couplets.

Piquillo.

I.

Ihr Herren, da wir hier zu Dreien
Beisammen sind so eng vertraut,
Laßt uns in süßen Melodein
Es singen laut und überlaut:
    Die Frau'n!
Nichts Bess'res giebt es, trau'n!
So lange uns're Welt besteht,
So lang' der Erdenball sich dreht.

Alle Drei.

Die Frau'n —
Nichts Beff'res giebt es, trau'n!
So lange unf're Welt besteht,
So lang' der Erdenball sich dreht.

II.

Laßt And're sich vor Großen bücken
Und haschen nach der Ehren Dunst;
Wir Künstler tragen stolz den Rücken
Und uns erfreut der Frauen Gunst.
　　Die Frau'n!
Nichts Beff'res giebt es, trau'n!
So lange unf're Welt besteht
So lang' der Erdenball sich dreht.

Alle Drei.
Die Frau'n — u. s. w.

III.

Wollt Ihr den Ersten, Besten fragen
Was schöner glänzt als Sonnenschein?
Und glüh'nen Blicks wird er Euch sagen:
„Die Frauen sind's, die Frau'n allein!"
　　Die Frau'n!
Nichts Beff'res giebt es, trau'n!
So lange unf're Welt besteht,
So lang' der Erdenball sich dreht.

Alle Drei.
Die Frau'n! u. s. w.

Nr. 10.

Chor.

Von dem Mann wird seine Frau
Jetzt dem Hofe präsentirt;
Dieses Fest kennt man genau,
Weil's hier häufig arrivirt.

Don Andreas.

Willkommen, Graf!

Piquillo.

Ich danke, Gnaden:

Don Andreas.

Die Gräfin vorzustellen, seid Ihr hier geladen.

Chor.

Ha, die Gräfin!

Don Andreas.

Ja, die Gräfin!

Chor.

Haha! haha! haha!
Ein guter Spaß ist dieser da!

Don Andreas.

Zum Teufel geht hier der Respekt!

Don Pedro und Panatellas.

Wir haben's leider längst entdeckt!

Chor.

Haha! haha! haha!
Ein guter Spaß ist dieser da!

Don Andreas.

Mein Hof wird ungemein gemein.

Don Andreas.

Man lasse eintreten!

Chor.

Von dem Mann wird seine Frau
Jetzt dem Hofe präsentirt;
Dieses Fest kennt man genau,
Weil's hier häufig arrivirt.

Panatellas.

Nun vorwärts jetzt und frisch gewagt!

Piquillo.

Es soll geschehn.

Panatellas.

Nun vorwärts jetzt und frisch gewagt!

Piquillo.

Ihr werdet sehn!
Folgt mir, Frau Gräfin!

Perichole.

Ich bin bereit.

Piquillo.

Gott, dieser Ton!

's ist Perichole!

Perichole.

Ja wohl!

Piquillo.

Du bist's? Du, meine Gattin?

Perichole.

Ich bin's, ja, ja!

Paquillo.

Wie, Du? Ist's wirklich wahr?

Perichole.

Schweig! Bald wird Dir Alles klar!

Piquillo.

Klar ist der Betrug!
Ich weiß genug.
Ich finde ja in Dir des Königs Liebe hier —
Und ich sollte schweigen noch?

Perichole.

So schweige doch! So schweige doch!

Chor.

Haha! haha! haha!
Ein guter Spaß ist dieser da!

Don Andreas.

Nun, meine Herren, erkläret mir —

Panatellas.

Wir sind so überrascht, wie Ihr.

Chor.

Haha! haha! haha!
Ein guter Spaß ist dieser da!

Nr. 11.

Perichole.

Ich stimm' ihn sanfter gleich, doch nur etwas Geduld!
An dieser Störung ist ein Irrthum schuld.
Nun höre' mich
Und bleibe still, ich bitte Dich!

I.

Was soll denn dieses wilde Toben?
Was soll das Racheschnauben hier?
Sind das wohl Deiner Liebe Proben?
Hast kein Vertrau'n Du mehr zu mir?
Als wenn das Dach ihm eingehagelt,
Steht er da bleichen Angesichts!
Du Thor, Du Thor! begreifst Du denn noch nichts?
O Gott, wie sind die Männer doch vernagelt!

II.

Willst Du durch Deine Tölpeleien
Verderben mir das ganze Spiel?
O möchtest Du Dein Ohr mir leihen!
O schweig', bis wir gelangt an's Ziel!
Als wenn das Dach ihm eingehagelt,
Steht er da bleichen Angesichts!
Du Thor, Du Thor! begreifst Du denn noch nichts?
O Gott, wie sind die Männer doch vernagelt!

Nr. 12.

Piquillo.

S' ist wahr! Ich handle wie ein Thor.
So komm denn her, ich stell' Dich vor!
Laß Dir o König, präsentiren
Und Alle, die Ihr auf uns blickt,
Ein Weib, das reizend zum verführen,
Doch auch so falsch wie reizgeschmückt.
Den Sinn verwirren diese Augen

Und lockend ruft die Stimme Dir;
Der Lüge Gift mußt ein Du sagen —
Ich that es und — ich büß' dafür.
Dies Weib, so reizend zum verführen,
Ist auch so falsch, wie reizgeschmückt.
Sie weiß geschickt zu intriguiren
Bis sie Dich schlangengleich umstrickt.
Sie wird Dir treue Liebe schwören.
Du armer Alter, glaubst daran!
Ich ließ mich ebenso bethören —
Seht ob man ihr mißtrauen kann?
Da Du sie Dir nun hast erbeten,
Nimm sie nur hin; doch hüt' sie sehr.
Mir wird's nicht schwer sie abzutreten. (bis.)
Ich geh' und seh' sie nimmermehr.

Nr. 13.
finale.

Don Andreas.

Welch' ein Scandal!
Welch' ein Scandal!

Die Hofleute.

Welch' ein Scandal!
Ha, wie fatal!

Perichole.

Welch' Aufruhr herrscht hier in dem Saal!
O der Scandal
Wird uns fatal!
Wie dumm er ist! O welche Qual!

Ich kann nicht helfen;
Wie fatal!

Chor.

Welch' ein Scandal!
Ha, wie fatal!

Panatellas und Don Pedro.

Wir halten ihn!

Piquillo.

Laßt ab von mir!

Panatellas und Don Pedro.

Wir halten ihn!

Piquillo.

Gesindel Ihr!

Tarapote, Panatellas und Don Pedro.

Und nun, was soll mit ihm gescheh'n?
Bereit wir steh'n,
Daß wir, o Fürst, gerächt Dich seh'n.

Don Andreas.

Gleich fort mit ihm' Er soll,
Er soll die Straf' im Kerker spüren,
Den ich vor Jahren ließ aufführen.

Für Männer, die —
Für Männer, an —
Für Männer spruchs —
Für Männer voll —
Für Männer, die zu anspruchsvoll.

Chor.

Gleich fort mit ihm u. s. w.

Piquillo.

Gleich fort mit mir u. s. w.

Piquillo.

Der König will Dich hoch beglücken;
Er winket Dir — so folg' ihm nach,
Wo seine Liebe Dich soll schmücken
Und hüllen Dich in Gold und — Schmach

Alle.

Gleich fort mit ihm u. s. w.

Der Vorhang fällt.

Dritter Akt.

Folg' mir — ich lieb' Dich ja so innig
Und Alles wird vortrefflich gehn.
Sei nicht mehr starr und eigensinnig,
Und endlich wirst Du froh gestehn
Die Frau'n!
Nichts Beff'res giebt es, traun!
So lange unf're Welt besteht,
So lang' der Erdenball sich dreht!
Beide.

Die Frau'n!
Nichts Beff'res giebt es, trau'n!
So lange unf're Welt besteht,
So lang' der Erdenball sich dreht!
Chor.
Seine Hoheit kommt gewohnter Weise
Zum Diner jetzt mit stolzem Schritt;
Wir sehen zu und wünschen leise
Ihm einen guten Appetit.
Chor.
Seine Hoheit kommt gewohnter Weise
Zum Diner jetzt mit stolzem Schritt;
Wir sehen zu und wünschen leise
Ihm einen guten Appetit.
Nr. 15.
Piquillo.
I.
Ein König weiland hat ein Mädel angetroffen,
Das ihm nicht übel schien; drum sagt er ihr ganz offen:

Perichole.
Mein Kind, o komm mit mir! Ich will Dich hoch erheben;
Ich werde Titel Dir in Hüll' und Fülle geben.

Piquillo.
Dazu gar sehr viel Gold und auch Geschmeid' sehr feine;
Doch nimm auch einen Mann — versteht sich nur zum Scheine!

Perichole.
Wer dieser Mann? gleich viel! Nur die Bedingung stell' ich,
Daß er gemüthlich sei, nachsichtig und gefällig.

Piquillo.
Nur vorwärts, schnelle, schnelle!
Mein Grauchen trabt geschwind!

Perichole.
Laß' fort uns schnelle, schnelle!
Nur fort von hier geschwind!

Piquillo.
Bald, bald sind wir zur Stelle,
Sind wir am Ziel, mein Kind!

Perichole.
Bald, bald sind wir zur Stelle,
Sind wir am Ziel mein Kind!

Beide.
Hophop! Hophop!
Bald, bald sind wir zur Stelle,
Sind wir am Ziel mein Kind!

Piquillo.
Der arme Sänger, den man ihr zum Mann erkoren,
Er war's, der früher sie geliebt und dann verloren.

Perichole.
Das Schicksal führt sie Beid' in den Palast zusammen
Und heißer lodern jetzt die ersten Liebesflammen.

Piquillo.
Wir singen, Hoheit, Euch sehr gerne uns're Lieder!
Doch was Eu'r Gold betrifft, wir geben es Euch wieder.

Perichole.

Behaltet Geld und Gut! Wir nehmen keinen Stüber!
Gesagt, gethan! Der Hof war ganz verblüfft darüber.

Piquillo.

Nun vorwärts, schnelle, schnelle!
Mein Grauchen trabt geschwind!

Perichole.

Laß fort uns schnelle, schnelle!
Nur fort von hier geschwind!

Piquillo.

Bald, bald sind wir zur Stelle,
Sind wir am Ziel mein Kind!

Beide.

Hophop! Hophop!
Bald, bald sind wir zur Stelle,
Sind wir am Ziel, mein Kind!

Piquillo.

Wir Beide sangen häufig in gar trüben Tagen
Und haben uns're Stimme nicht geschont,

Perichole.

Doch müssen wir es frei und offen sagen,
Daß man die Kunst am besten hier belohnt.

Piquillo.

Und wie die Schwalbe ziehen wir nun weiter,
Vertrauend einem unbekannten Loos.

Perichole.

Doch eh' wir scheiden, singen wir noch heiter:
Es ist ein Spanier — drum wird er einst noch groß.

Beide.

Er ist ein Spanier — drum wird er einst noch groß.

Alle.

Er ist ein Spanier — drum wird er einst noch groß.

Der Vorhang fällt.

Gedruckt bei Julius Sittenfeld in Berlin.

In allen Musikalienhandlungen vorräthig:

Verlag von Ed. Bote & G. Bock
(E. Bock).
Königliche Hof-Musikhandlung.
BERLIN: Französischestr. 33 E. & Unter den Linden 27.
POSEN: Wilhelms-Strasse No. 21.

D. F. E. Auber:

Der erste Glückstag.

	Thlr.Sgr
Clavier-Auszug mit Text	n. 4 —
Clavier-Auszug für Pianoforte allein	4 —
Ouverture für Pianoforte zu 2 Händen	— 15
Ouverture für Pianoforte zu 4 Händen	— 20

Sämmtliche Gesangsnummern einzeln.

Arrangemeuts für Pianoforte zu 2 Händen.

Potpourri für Pianoforte	— 20
Arban, Polka	— 10
— Polka-Mazurka	— 10
Auber, Valse de Salon	— 10
Billéma, R., Nocturne et stances transcrits.	— 17½
Ketterer, Op 228. Romance, Chanson, Gigue	— 20
— Op. 229. Les Djins, Melodie	— 12½
Krüger, Op. 101. Ballade	— 15
Lecarpentier, Op 276. Petite fantaisie	— 12½
Rummel, J., Bouquets de melodies Cah. I. à	— 25
— — — Cah. II. III. à	— 20
— Perles enfantines 2 Cah. à	— 7½
Strauss, Grand Valse	— 15
— Quadrille für Pianoforte	— 10

Für Pianoforte zu 4 Händen.

Potpourri	— 20
Billéma, frères, Fantaisie.	1 —
Rummel, Perles enfantines 2 Cah.	— 10

Arrangements für Pianoforte mit Begleitung der Violine, für Violoncello, Flöte, Harmonium, Orchester etc.

1

G. Meyerbeer:

Die Afrikanerin.

Vollständiger Klavier-Auszug.

	Thlr.	Sgr.
Mit deutschem und französischem Text. Subscriptions-Preis	16	-
Mit italienischem und deutschem Text (8°). Subscriptions-Preis.	5	10
Für Pianoforte allein	6	15
Für Pianoforte zu vier Händen	10	-

Ouverture.

	Thlr.	Sgr.
Für Pianoforte allein	-	10
Für Pianoforte zu vier Händen, arrang. v. E. Wolff	-	15
Für Pianoforte und Violine oder Flöte ad lib.	-	15

Einzelne Gesangsnummern mit deutschem und französischem Text.

☞ Die Haupt-Darsteller dieser, wie der folgenden Opern in photographirten Visitenkarten.

Für das Pianoforte zu zwei Händen.

	Thlr.	Sgr.
Cramer, Bouquet de Mélodies	—	25
Gervais, Beautés in 1 Heft	2	15
Godefroid, F., Op. 128. Morceau de Salon sur l'Air du Sommeil	—	20
— Op. 129. Morceau de Salon	·	17½
Jaell, Alfred, Op. 131. Illustration	1	—
Ketterer, E., Op. 170. Fantaisie de Salon	—	20
Liszt, Fr., Illustrationen:		
No. 1. Quatuor des Matelots	—	25
„ 2. Marche Indienne	1	7¼

Für das Pianoforte zu vier Händen.

	Thlr.	Sgr.
No. 14. Indischer Marsch	—	25
„ 24ter. Religiöser Marsch	—	10
Potpourris, arrangirt von Mendel. No. 1—3. à	1	—
Brunner, C. T., Op. 470. Duo über Motive der Oper	—	25
Prélude du V. Acte (Scène du Mancénillier).		
Dernière Pensée musicale	—	10
Strauss, Walzer	1	—

Das schönste Mädchen im Städtchen.

Komische Oper in 2 Acten von
A. Conradi.

Clavier-Auszug mit Text. . . . . n. 2 15

Die Fabier.

Grosse Oper in vier Acten von
A. Langert.

Vollständiger Clavier-Auszug mit Text, ... 12 —
Ouverture für Pianoforte zu 2 Händen . . . . — 20
Ouverture für Pianoforte zu 4 Händen . . . . 1 —
Potpourri für Pfte. . . . . — 15
Grosser Marsch für Pfte . . . . — 15

Die Reise nach China.

Komische Oper in 3 Acten von
F. Bazin. Thlr. Sgr.

Vollständiger Clavier-Auszug mit Text . . . n. 4 —
Clavierausz. zu 2 Hdn. in Form eines Potpourri 1 10
Ouverture. Einzelne Nummern.
Potpourri für Pfte. . . . . — 15

Theeblume.

Opern-Burleske in 3 Acten von
Ch. Lecoq.

Clavier-Auszug mit deutsch. u. franz. Text . n. 2 —
Potpourri für das Pianoforte zu 2 Händen . . . — 17½
    do.   do   zu 4 Händen. . . — 25
Erler, Cliquot-Galopp für das Pianoforte . . — 10
Ketterer, E., Op. 233. Galop de Salon pour Piano — 15

Cartouche.

Komische Oper in 1 Act von
H. Hofmann.

Clavier-Auszug mit Text . . . . n. 1 20

Opern und Operetten

von

J. Offenbach.

Parifer Leben.

Burleske Oper in 5 Acten.

Vollständ. Clavier-Auszug m. deutsch u. franz. Text n. 4 Thlr.
lavier-Auszug ohne Text . . . . n. 3 Thlr.
Einzelne Gesangsnummern.
Ouverture f. Pfte. . . . . 7½ Sgr.
Potpourri für Pfte. von E r l e r . . . . 10 -
Quadrille für Pfte. von Strauss . . . . 10 -
Metella-Walzer für Pfte. . . . . 15 -
Die kleine Handschuhmacherin, Polka f. Pfte. . . 10 -
Pariser Leben, Galopp f. Pfte. . . . . 10 -
Baroness-Polka f. Pfte. . . . . 10 -

Blaubart.

Burleske Oper in 4 Bildern.

Vollständiger Clavier-Auszug mit Text (8vo.) . . 4 Thlr.
Einzelne Nummern
    Potpourri für Pfte. von H. Erler . . . . . . 15 Sgr.
    Polka-Mazurka f. Pfte. von Conradi . . . . 7½ Sgr.
    Quadrille f. Pfte. von Strauss . . . . 10 Sgr.

Die schöne Helena.

	Thlr.	Sgr.
Buffo-Oper in 3 Acten.		
Vollständiger Clavier-Auszug mit Text . . .	4	—
Derselbe ohne Text	2	—
II. Act. Valse Entr'act- u. Gänsemarsch. . . .	—	12½
III. Act. Chor mit Tanz	—	12½
Potpourri für das Pfte. zu 4 Händen . . .	1	15
— für Pfte.	—	15
Quadrille und Polka für Pfte. . . . à 7½ Sgr .u.	—	10

Die Großherzogin von Gerolstein.

Bouffo-Oper in 3 Acten.

Vollständiger Clavierausz. m. deutschem u. franz. Text . . . . Netto	4	—
Clavier-Auszug ohne Text	2	—
Walzer für Pfte. von Strauss	—	12½
Quadrille für Pfte. von Bial	—	10
Saro, H., Marsch für Pfte.	—	7½
Erler, H., Galopp für Pfte.	—	10

Robinson Crusoë.

Komische Oper in 3 Acten.

Vollständiger Clavier-Auszug mit Text	n.	4	—
Clavier-Auszug zu 2 Händen		3	—
Potpourri für Pianoforte		—	15
Conradi, A., Polka		—	10
Lecarpentier, 2 Bagatelles	à	—	12½
Rosellen, H., Fantaisie de Salon		—	15
Rummel, J., Fantaisie élégante		—	15
Herman, A., Duo p. Piano et Violon.		—	20
Seligman, P., Op. 87. Fantaisie p. Piano et Violoncello		—	17½
Strauss, Quadrille		—	10

Urlaub nach dem Zapfenstreich.

Operette in 1 Act.

Vollständiger Clavier-Auszug mit Text	n.	1	20
Clavier-Auszug zu 2 Händen		1	—
Conradi, Polka-Mazurka für Pfte.		—	7½
— Galopp für Pfte.		—	7½
Strauss, Pompon-Quadrille		—	10

Der Regimentszauberer.

Operette in 1 Act.

Potpourri für Pianoforte	—	17

Die Insel Tulipatan.

Operette in 1 Act.

Potpourri f. Pianoforte	—	15
Strauss-Quadrille f. Pfte.	—	10
Hermosa-Polka f. Pfte.	—	7¼

Toto.

Buffo-Oper in 2 Acten.

	Thlr.	Sgr.
Vollständiger Clavier-Auszug mit Text	n. 3	—
Clavier Auszug ohne Text	—	—
Potpourri f. Pianoforte	—	12½
do. f. Pfte. & Viol.	—	20
Strauss, Quadrille	2	10
Toto-Polka	—	7½

Périchole.

Buffo-Oper in 2 Acten.

Clavier-Auszug ohne Text	—	15
Potpourri f. Pfte.	—	10
Strauss, Quadrille	2	—

Die Schäfer.

Potpourri für Pianoforte	—	15

(Unter der Presse:)

Die Prinzessin von Trebizonde.

Buffo-Oper in 3 Acten.

Vert-vert.

Buffo-Oper in 3 Acten.

Diva.

Buffo-Oper in 3 Acten.

Neueste Opern und Operetten.

Der Herr von Papillon.

Operette in 1 Act von
R. Bial.

Potpourri f. Pianoforte.
Strauss Quadrille — 10 Sgr.

Eine Seelenwanderung.

Operette in 1 Act von
E. Durand.

Gandolfo.

Operette in 1 Act von
Ch. Lecoq.

Die Schrecken des Krieges.

Buffo-Oper in 2 Acten
von
J. Costé.

La petite fadette.

Opéra comique en 3 actes
par
Th. Semet.

Opern - Musik.

Nachstehende Opern erschienen
a) im Clavier-Auszug mit Text.
Die mit einem * sind mit deutschem und französischem Text.

	Thlr.	Sgr.
*Adam, Giralda oder die neue Psyche	10	—
Auber, Der erste Glückstag n.	4	—
Bazin, Eine Reise nach China. n.	4	—
*Benedict, J., Die Rose von Erin.	9	10
*Berlioz, H., Beatrice und Benedict.	5	—
Bicking, König Wenzel.	9	—
Blum, Bergamo.	6	—
— Mary, Max, Michel.	3	15
Boecler, C. Th. E., Die Bergknappen	2	20
Böhmer, C., Op. 28. Meerkönig u. sein Liebchen	4	—
*Boieldieu, A., Die weisse Dame n.	1	21
*Cherubini, L., Der Wasserträger n.	1	3
Conradi, A., Das schönste Mädchen im Städtchen n.	2	15
Dorn, H., Die Niebelungen.	7	15
— Der Botenläufer von Pirna.	9	—
Flotow, Fr. v., Indra.	10	—
— Sophia Catharina (Grossfürstin).	10	—
*— Die Wittwe Grapin	2	20
Franz, J. H., Claudine von Villa Bella.	9	5
*Gastinel, Eine Oper an den Fenstern.	2	10
*Gluck, Ritter v., Alceste. n.	1	5
*— Armide. n.	1	13
*— Iphigenia in Aulis. n.	1	6½
*— Iphigenia in Tauris. n.	1	1½
*— Orpheus (mit deutschem u. italien. Text). n.	—	17½
*Gounod, Ch., Margarethe (Faust).	10	—
*Halevy, F., Jaguarita.	8	15
*— Das Thal von Andorra.	12	—
Hofmann, H., Cartouche. n.	1	20
*Langert, A., Des Sängers Fluch.	10	—
— Die Fabier	12	—
Lecoq, Ch., Theeblume. n.	2	—
*Maillart Aimé, Das Glöckchen des Eremiten.	10	—
*— Die Fischer von Catania.	7	15
Marschner, H., der Holzdieb.	1	10
*Meyerbeer, G., Dinorah.	12	—
— Dieselbe mit deutsch. u. italien. Text. (8 vo.) n.	5	10
*— Die Afrikanerin 2 Bde. n.	16	—
— Dieselbe mit deutsch u. italien. Text. 8vo. n.	5	10

			Thlr.	Sgr.
Mozart, W. A., Cosi fan tutti		n.	1	20
— Don Juan	mit deutsch.	n.	1	17½
— Die Entführung aus dem Sereil	und	n.	2	7½
— Die Hochzeit des Figaro	italien. Text.	n.	1	19½
— Titus		n.	—	26
— Die Zauberflöte.		n.	1	2½
Nicolai, O., Die lustigen Weiber von Windsor.			10	—
Offenbach, Daphnis und Chloe.			2	5
*— Herr und Madame Denis.			4	7½
*— Die Reise des Herrn Dunanan Vater und Sohn.			5	—
*— Fortunio's Lied.			3	—
*— Der Herr Gemahl vor der Thür.			3	—
*— Genovefa von Brabant.			8	10
*— Die schöne Helena.		n.	4	—
*— Das Mädchen von Elizondo.			5	5
*— Orpheus in der Hölle.			6	10
*— Schuhflicker und Millionair.			2	15
*— Die Seufzerbrücke.			7	20
*— Die Verlobung bei der Laterne.			3	—
*— Blaubart.		n.	4	—
*— Pariser Leben.		n.	4	—
*— Grossherzogin von Gerolstein.		n.	4	—
— Urlaub nach dem Zapfenstreich		n.	1	20
— Toto.		n.	3	—
Redern, Graf W. von, Christine von Schweden.			10	—
*****Rossini, G.**, Bruschino.			5	—
— Der Barbier von Sevilla (mit deutsch. und italienischem Text).		n.	1	18½
.Schindelmeisser, L., Melusine.			9	15
Schmidt, G., La Réole.			8	—
Taubert, W., Joggeli.			10	—
— Macbeth.			10	—
— Der Blaubart.			2	25
Westmeyer, W., Der Wald bei Hermannstadt.			10	—
Wüerst, R., Vineta, oder am Meeresstrand.			8	10
— Der Stern von Turan.			8	10

b) im Clavier-Auszuge zu zwei Händen.

Auber, D. F. E., Die Stumme von Portici.		n.	1	4
— Der erste Glückstag			4	—
Benedict, J., Die Rose von Erin.		n.	1	20
Boieldieu, J., Die weisse Dame.		n.	—	29½
Cherubini, L., Der Wasserträger.		n.	—	20

Thlr. Sgr.

Flotow, F. von, Sophia Catharina. (Die
Grossfürstin.)   6 —
— Indra   6 —
Gluck, Ritter von, Orpheus.   n. — 13½
Gounod, Ch., Margarethe (Faust) [4°]   6 —
— Dieselbe [8°]   1   10
Halevy, F., Das Thal von Andorra.   6 —
Meyerbeer, G., Dinorah, oder die Wallfahrt
nach Ploërmel.   6 —
— Die Afrikanerin   6   15
Mozart, W. A., Cosi fan tutti.   n. — 27
— Don Juan.   n. — 25
— Die Entführung aus dem Serail.   n. — 25½
— Die Hochzeit des Figaro.   n. — 26
— Titus.   n. — 20½
— Die Zauberflöte.   n. — 24½
Nicolai, Otto, Die lustigen Weiber von Windsor.   3   15
Offenbach, J., Orpheus in der Hölle.   3   10
— Die schöne Helena.   2 —
— Pariser Leben.   n.   3 —
— Grossherzogin von Gerolstein.   2 —
— Toto.   2 —
— Perichole.   2 —
Rossini, G., Der Barbier von Sevilla.   — 22½

c) im Clavier-Auszuge zu vier Händen.

Beethoven, Fidelio.   n.   1   22½
Flotow, F. von, Indra.   8 —
Gounod, Margarethe.   9 —
Graun, C. H., Der Tod Jesu.   — 19½
Meyerbeer, G., Dinorah, oder die Wallfahrt
nach Ploërmel.   8   15
— Die Afrikanerin.   10 —
Mozart, W. A., Die Hochzeit des Figaro.   n.   2   2½
— Die Zauberflöte.   n.   1   15
— Don Juan.   n.   2   5
Nicolai, O., Die lustigen Weiber von Windsor.   6   15

---

*Arien, Duette etc. obiger Opern im Einzeldruck, Arrangements,
Fantaisieen, Potpourris, Tänze etc., für das Pianoforte zu zwei
und vier Händen mit Begleitung der Violine, für Violoncello, für
Flöte, für Harmonium, für Orchester etc. von den
renommirtesten Componisten.*

Neue Opern-Musik für Pianoforte.

Thalberg, S., L'art du Chant pour Piano, 3me Série.

Nr. 1. Serenade aus dem „Barbier von Sevilla".   20 Sgr.
- 2. Duett aus der „Zauberflöte".   17½ Sgr.
- 8. Barcarole aus „Johann von Calais".   1 Thlr.

No. 4. a) Maskenterzett, b) Duett „Reich mir die Hand" aus „Don Juan".   20 Sgr.
- 5. Serenade aus dem „eifersüchtigen Liebhaber".   20 Sgr.
- 6. Romance „Gelehnt an die Cypresse" aus „Othello".   20 Sgr.

Löschhorn, A., Transcriptions des Opéras.

Op. 28. No. 1. Die lustigen Weiber von Windsor.   25 Sgr.
No. 2. Die Niebelungen.   20 Sgr.
Op. 32. No. 1. de Verdi: Il Trovatore.   20 Sgr.
No. 2. Sicilienne des Vêpres siciliennes.   20 Sgr.

No. 3. Hernani.   22½ Sgr.
No 4. Simon Boccanegra.   22½ Sgr.
- 5. La Traviata.   22½ Sgr.
- 6. Rigoletto.   22½ Sg..
- 7. Aroldo.   17½ Sgr.
- 8. Un Ballo in Maschera.   25 Sgr.

Op, 68. No.   Don Pasquale de Donizetti.   20 Sgr.

Kontski, A. de, Bouquets des Mélodies des Opéras de Meyerbeer, Nicolai, Verdi, Wagner.

Le Pardon de Ploërmel.	1 Thlr.	Die lustigen Weiber von Windsor.	25 Sgr.
Le Prophète.	25 Sgr.	Les Vêpres Siciliennes.	25 Sgr.
Rigoletto.	L Thlr.	Les Hugenots.	25 Sgr.
Tannhäuser.	22½ Sgr.	Faust, de Gounod.	1 Thlr.

Oesten, Theodore, Portefeuille de l'Opéra. Op. 141.

No. 1. Lohengrin.
- 2. Tannhäuser.
- 3. Il Trovatore.
- 4. Le Pardon de Ploërmel.
- 5. Le Siège de Corinthe.
- 6. Rigoletto.
- 7. Verlobung bei der Laterne.

No. 8. Orpheus in der Unterwelt.
- 9. Die lustigen Weiber von Windsor.
- 10. Das Glöckchen des Eremiten.
- 11. La Traviata.
- 12. Die Afrikanerin.

à 20 Sgr.

Bendel, F., Repertoire de Concert.

No. 1. Don Juan.
- 2. Freischütz.
- 4. Figaro's Hochzeit.

No. 4. Die Stumme von Portici.
- 5. Die Hugenotten.
- 6. Euryanthe.

Pr. à 15 Sgr.

Ganz, W., Transcriptions des Opéras.

Op. 15. Puritani.   17½ Sgr. | Op. 18. Die lustig. Weiber v. W. 22½ Sgr.
- 16. Somnambula.   17½ Sgr. | - 19. Mireille.   1 Thlr.

Hasert, R., Op. 11. Prière, Miserere et Romance de l'Opéra: „Il Trovatore" de Verdi.   — 22½

— Op. 15. Trois Paraphrases de l'Opéra: „La Traviata" de G. Verdi:

    No. 1. Romance: Addio del passato.   — 12;
    - 2. Aria: Parigi o cara.   — 15
    - 3. Brindisiet Valse.   — 17½

Répertoire de l'Opéra et des Bouffes.

Sammlung
von

Potpourris

für das Pianoforte zu 2 und 4 Händen.
Für Pianoforte allein.

No.

1. Adam, Der Postillon von Lonjumeau.
2. Auber, Die Krondiamanten.
3. — Der Maskenball.
4. — Der schwarze Domino.
5. Bellini, Montecchi und Capuletti.
6. — Norma.
7. — Die Nachtwandlerin.
8. Böhmer, Meerkönig und sein Liebchen.
9. Donizetti, Der Liebestrank.
10. — Lucrezia Borgia.
11. — Die Regimentstochter.
12. Lortzing, Czar und Zimmermann.
13. Meyerbeer, Die Hugenotten
14. — Robert der Teufel.
15. Rossini, Wilhelm Tell.
16. Auber, Feensee.
17. — Des Teufels Antheil.
18. — Die Sirene.
19. Donizetti, Lucia di Lammermoor.
20. Halévy, Das Thal von Andorra.
21. Flotow, Frhr. v., Martha.
22. Balfe, Der Mulatte.
23. Nicolai, Die lustigen Weiber von Windsor.
24. Flotow, Frhr. v., Sophia Kath. (Grossfürstin) I.
25. Adam, Giralda.
26. Flotow, Grossfürstin II.
27. — Indra.
28. Auber, Die Stumme von Portici.

29. Flotow, Frhr. v., Rübezahl.
30. Boieldieu, Die weisse Dame.
31-32. Wagner, R., Tannhäuser I. u. II.
33. Taubert, Joggeli.
34. Dorn, Niebelungen.
35. Meyerbeer, Der Prophet
36. Verdi, Hernani.
37. Flotow, Frhr. v., Stradella.
38. Rossini, Barbier v. Sevilla
39. Donizetti, Belisar.
40. Weber, C. M. v., Euryanthe.
41. Kreutzer, Nachtlager zu Granada.
42. Wagner, R., Lohengrin.
43. Herold, Zampa.
44. Lortzing, Der Waffenschmied.
45. Bellini, Die Puritaner.
46. Lortzing, der Wildschütz.
47. Mozart, Don Juan.
48. Lortzing, die beiden Schützen.
49. Mozart, Figaro's Hochzeit
50. — Die Zauberflöte.
51. Beethoven, L. v., Fidelio.
52. Verdi, Der Troubadour.
53. Halévy, Jaguarita.
54. Thomas, Der Kadi.
55. Auber, Fra Diavolo.
56. Rossini, Bruschino.
57. Conradi, Die Braut des Flussgottes.
58. Donizetti, Don Pasquale.
59. Verdi, Maskenball.
60. — Rigoletto.
61. David, Lalla Rookh.

No.

62. **Balfe**, DieHaymonskinder.
63. **Benedict**, Rose von Erin.
64. **Schmidt**, La Reole.
65. **Maillart**. Lara.
66. **Wuerst**, R., Vineta.
67-68. **Meyerbeer**, Dinorah.
69-71. **Gounod**, Faust I. II. III.
72. **Offenbach**, Die Verlobung bei der Laterne.
73. — Mädchen v. Elizondo.
74. — Schuhflicker.
75. — Die Zaubergeige.
76. — DerEhemannv.d.Thür.
77. — Orpheus in der Hölle.
78. — Genovefa v. Brabant.
79. — Tschin Tschin.
80. — Daphnis u. Chloë.
81. — Fortunio's Lied.
82. — Die Seufzerbrücke.
83. — Herr u.MadameDenis.
84. — Venedig in Paris.
85. — Die Schwätzer.
86. — Die schönen Weiber.
87. — Die schöne Helena.
88-91. **Meyerbeer**, Die Afrikanerin I., II., III., IV.

No.

92. **Langert**, Sängers Fluch.
93. **Wuerst**, Stern von Turan.
94. **Grisar**,D gestiefelteKatze.
95. **Bazin**, Eine Reise nach China.
96. **Offenbach**, Coscoletto.
97. — Die Schäfer.
98. — Blaubart.
99. **Wagner**, Rienzi.
100. **Offenbach**,PariserLeben.
101. **Langert**, Die Fabier.
102. **Flotow**, Zilda.
103. **Offenbach**, Grossherzogin von Gerolstein.
104. **Verdi**, Don Carlos.
105. **Offenbach**, Damen der Halle.
106. — Robinson Crusoë.
107. — Die Räuber.
108. — Urlaub nach dem Zapfenstreich.
109. **Durand**, Seelenwanderung.
110. **Auber**, Erste Glückstag.
111. **Conradi**,SchönsteMädch.
112. **Lecoq**, Theeblume.

Zu vier Händen.

1. **Beethoven**, v., Fidelio.
2. — Don Juan.
3. **Mozart**, Figaro's Hochzeit.
4. — Titus.
5. — Die Zauberflöte.
6. **Wagner**, Tannhäuser.
7. **Adam**, Giralda.
8. **Donizetti**, Lucia di Lammermoor.
9. **Flotow**, v., Sophia Kath.
10. — Indra.
11. **Meyerbeer**, Prophet.
12. **Meyerbeer**,Rob.d.Teufel.
13. **Nicolai**,Dielustig.Weiber.
14. **Weber**, v., Euryanthe.

15. **Verdi**, Der Troubadour.
16. **Wagner**, Lohengrin.
17-19. **Meyerbeer**. Die Afrikanerin I., II., III.
20. **Gounod**, Faust (Conradi).
21. — Faust (Mendé).
22. **Meyerbeer**, Dinorah.
23. **Langert**,DesSängersFluch.
24. **Offenbach**, Helena.
25. — Pariserleben.
26. — Grossherzogin.
27. — Robinson Crusoë.
    à 5 Sgr. bis 2 Thlr.
28 **Auber**, Erste Glückstag.
29. **Lecoq**, Theeblume.

Collection des Oeuvres classiques et modernes.
Sammlung
von Compositionen
für

Pianoforte zu zwei und vier Händen,	Gesangs-Musik,
Pianoforte m. Begleitung anderer Instrumente,	Instrumental - Musik,
	Studien-Werke.

von

Bach, Beethoven, Cherubini, Clementi, Dussek, Gluck, Graun, Händel, Häseler. Mozart, Onslow, Rameau, Schubert. Weber, Weigl, Winter,

wie von

Adam, Ascher, Arditi, Auber, Bellini, Beriot, Bertini, Cimarosa, Concone, Cramer, Donizetti, Field, Flotow, Goria, Gounod, Herold, Herz, Hummel, Hünten, Kalkbrenner, Ketterer, Kontski, Kuhlau, Lacombe, Lefébure-Wely, Leybach, Lortzing, Maillart, Mehul, Meyerbeer, Moscheles, Nicolai, Offenbach, Rosellen, Rossini, Rubinstein, Spontini, Thalberg, Wallace u. A.

in **correcten Ausgaben revidirt**

von

von Bülow, Conradi, Fr. Kroll. Th. Kullak, A. Löschhorn, J. Stern, Hugo Ulrich, Jul. Weiss u. A.

Der Catalog dieser circa **1200 Nummern** umfassenden

Collection des Oeuvres classiques et modernes,

welcher auf **frankirtes** Verlangen gratis franco versandt wird, führt die Werke mit ihrer Bogenzahl an und werden gegen baare Zahlung

Zehn Bogen für Zehn Silbergroschen

also der Bogen mit

Einem Silbergroschen

geliefert.

In dieser Sammlung sind auch enthalten:

Oratorien im Klavier-Auszuge mit Text.

	Thlr.	Sgr
Astorga, E., Stabat mater.		
Partitur und Klavier-Auszug	—	14½
Bach, J. S., Passionsmusik nach dem Evangelium Johannis (8°)	—	18
— Passionsmusik nach dem Evangel. Matthäus(8°) n. 1	—	—

Bach, Die hohe Messe (Hmoll). — 23¼
— Weihnachts-Oratorium nach den Evangelien
Lucas und Matthäus. 1 8½
Graun, C. H., Der Tod Jesu. — 28
Händel, F., Judas Maccabäus. 1 9½
— Messias (mit deutsch. und engl. Text). 1 9¼
— Samson (mit deutsch. und engl. Text). 1 2½
Haydn, J., Die Schöpfung (mit deutsch. und
engl. Text). 1 1
— Die Jahreszeiten (mit deutsch. n. engl. Text). 1 9½
Mozart, W. A., Requiem. — 15¼
Pergolese, G. B., Stabat mater (mit latein.
und deutsch. Text). — 8

Neueste Erscheinungen
der
Collection des Oeuvres classiques et modernes
Beethoven's
sämmtliche Sonaten für Pianoforte zu 2 Händen.
Neueste Ausgabe revidirt von E. Brissler.
Preis compl. 3 Thlr. netto, einzeln Bd. I. u. II. à 2 Thlr. netto.

Haydn's
sämmtliche Sonaten für Pianoforte zu 2 Händen.
Preis 2 Thlr. netto.

Mozart's
sämmtliche Sonaten für Pianoforte zu 2 Händen.
Preis 2 Thlr. netto.

☞ Auf folgende in den verschiedensten Concerten mit grossem Beifall aufgenommenen neuen Werke machen besonders aufmerksam:

Bürgel, C., Op. 15. Sonate f. Pianoforte. Pr. 1 Thlr.
— Schlummerlied f. Orchester.
        Partitur Pr   Arrangem. f. Pfte zu 2 Hdn. 7½ Sgr.
— Dasselbe Pfte. und Violine. Pr. 10 Sgr.
— Dasselbe für 1 Singstimme mit Pianobegleitung. 7½ Sgr.
Conradi, A., Op. 111. Offenbachiana. Potp. f. Pfte. Pr. 1 Thlr.
— Dasselbe f Pfte. zu 4 Händen   Preis 1 Thlr.
— Op. 112. Melodien-Congress. Potp. f. Pfte. Pr. 1 Thlr.
— Dasselbe f Pfte. zu 4 Händen   Pr. 1 Thlr. 15 Sgr.
Eckert, C., Concert für Violoncello u· Pfte. Pr. 1 Thlr. 20 Sgr.
Radecke, R., Trio f. Pfte, Viol. und Violoncello. Pr. 3 Thlr. 25 Sgr.
Rubinstein, A., Jwan IV. (der Grausame). Musikalisches Charakterbild f. Orchester. Partitur Pr. 2 Thlr. 15 Sgr. Für Pfte. zu 4 Hdn. Pr. 2 Thlr.
Schlottmann, L., Ouv. Romeo und Julie f. Pfte, zu 4 Händen. Pr. 2b Sgr.
— Ouv. Wallenstein's Lager f. Pfte zu 4 Händen. Pr. 1 4⁄12 Thlr.
Swert, J. de, Op. 9. Faust de Gounod. Grande Fantaisie pour Violoncelle avec accompagn. de Piano. Pr. 1 Thlr 7½ Sgr.
— Momens musicales de F. Schubert pour Violoncelle et Piano. H. I-III. à 10 Sgr
Taubert, W., Festmarsch f gr Orch. Part. Pr. 2 Thlr.
— Derselbe für Pianoforte zu 4 Hdn. Pr. 22½ Sgr.
--- Drei Vogelstimmen, Terzett. Pr. 10 Sgr.
Vieuxtemps, H., Fantaisie sur „Faust" pour Piano und Violon. Pr. 1 Thlr. 17½ Sgr.
Wüerst, R., Variationen über ein Originalthema für Orch. Part. Pr. 1¼ Thlr., f. Pfte. zu 4 Hdn. 15 Sgr.
— Intermezzo f. Orch. Part. Pr. 15 Sgr.
— Dasselbe f. Pfte. zu 4 Hdn. Pr. 15 Sgr.
— Sinfonie II. (D-moll.) Part. Pr. 2 Thlr. netto.
— Dieselbe f. Pfte. zu 4 Hdn. Pr. 2 Thlr. 7½ Sgr.
— Serenade f. Orch. Part. Pr
— Dieselbe f. Pfte. zu 4 Hdn. Pr. 1 Thlr. 20 Sgr.

Neueste Erscheinungen

der

Musik-Litteratur.

Salon-Musik.

Solo's für das Pianoforte.

	Thlr.Sgr
Abt, Fr., „Il Sogno," Lucca-Walzer.	— 15
André, J. B., Marsch der Grazien.	— 7½
Bendel, Franz, Op. 110. Erinnerungs-blätter. „Abschied von der Geliebten" — „Vor der Schlacht" — „Die Heimkehr." à 15—17½	
— Op. 116 No 1. Tyrolienne.	— 20
— No. 2. Bacchanale Galop.	— 17¼
— Op. 117. Sacontala, Walzer.	— 32½
— Op. 125. No. 1. Idylle.	— 15
— No. 2. Chant du soir.	— 15
— Walther's Preislied aus Wagner's Meistersinger	— 15
— „Le sommeil de Juliette" Improvisation über Gounod's Oper: „Romeo und Julie."	— 17¼
Blal, C., Sérénade de Gounod. Transcr.	— 10
Bülow, H. G. de, Op. 17 Souvenir de l'Opera: „Un ballo in maschera." Morceau de Cour.	1 —
Concone, J., Récréations du jeune Pianiste. Morceaux progressifs, Divisés en 5 suites.	
— Op. 27. Première suite. Les petites perles. Cplt.	1 7½
— Op. 54. IIme Suite. Les Heures, pour les petites mains. Cplt.	2 —
— Op. 26. IIIme Suite. Le Langage des fleurs. Cplt.	2 10
— Op. 28. IVme Suite. Les jeunes filles, Cplt.	1 5
Conradl, A., Potpourris.	
Op. 96. „Namenlos"	— 17½
Op. 97. Musikalischer Bilderbogen.	— 25
Op. 101. Pêle mêle.	— 25
Op. 111. Offenbachiana.	1 —
Op. 112. Melodiencongress,	1 —
Dreyschock, A., L'Adieu.	— 12½
— Le revoir.	— 15

2

Thlr. Sg.

Egghard, Jules, Op. 184. La valse des fantômes. — 12½
— Op. 185. Feuilles des roses, morceau- Etude. — 17½
— Op. 186. 2 Mélodies:
    No. 1. Loin de toi, No. 2. Adieu.   à — 12½
Ganz, W., Op. 16, „Des Mädchens Klage". Transc. — 15
— Op. 17. La Vivacité. Polka de Concert. — 17½
— Op. 18. Fantasie über: **Die lustigen Weiber von Windsor.** — 22½
— Op. 19. Fantasie über Gounod's Oper: „Mireille."   1 —
Golde, A., Op. 32. „Souvenir de Potsdam." Valse-Caprice. — 20
— Op. 33. Lieder-Transcriptionen.
    No. 1. „Gute Nacht, du mein herziges Kind" — 15
    No. 2. „Das Sternlein" von Kücken. — 20
— Op. 34. Ballade. — 22½
— Op. 35. Impromptu. — 17½
— Op. 36. Valse-Caprice. — 17½
Graff, J., L'enchanteresse. Valse facile et brill. — 12½
— Barque du Pêcheur. — 12½
— Valentine-Mazurka élég. — 17½
Gungl, Jos., Op. 225. Tonmosaik, Potpourri. 1 —
Hanse, C., Weihnachtsidyllen — 12½
— Glückliche Stunden. Op 47.
    No. 1. Impromptu. — 12½
    - 2. Idylle — 12½
    - 3. Valse melodique. — 17½
— Op. 49. Liebestraum, Romance — 10
— Op. 55. Abendthau. — 10
— Op. 56. Impromptu-Valse. — 12
— Op. 61. „Das Spinnrad", Charakterstück. — 15
— Op. 62. Consolation. — 12½
— Op. 63. „Der Giessbach." — 15
— Valse sentimentale. — 10
— Neckische Geister, Caprice. — 12½
Heintze, A., Lieder-Potpourris in leichtem Style:
    No. 1. „Der Frühling",   No. 3. „Der Herbst",
    „ 2. „Der Sommer",   „ 4. „Der Winter".
Hertel, P., Op. 79. Potpourri aus Don Parasol. 1 —
Köhler, Louis, Op. 146. Kleine Studien bestehend in frei bearbeiteten Volksmelodien aus der deutschen Jugendwelt.   1 20

Thlr.Sgr.

Lange, Gustav, Op. 14. Glöckchen-Mazurka. — 15
— Op. 15. „Farewell.‟ Méditation. — 15
— Op. 16. „La reine du bal.‟ Mazurkade Concert. — 20
— Op. 17. „Prière à la Madonne.‟ Mélodie sérieuse. — 15
— Op. 18. „Fête militaire.‟ Gr. Galop de Concert — 17½
— Op. 19. „Le retour de soldat.‟ Gr. marche triomph. — 25
— Op. 20. „Sehnsuchtsklänge.‟ Melod. Tonstück. — 15
— Op. 21. „La Cascade.‟ — 15
— Op. 22. „Treues Gedenken.‟ — 20
— Op. 23. „Reigen im Grünen.‟ Taaz-Idylle. — 17½
— Op. 24. „Die Libelle.‟ Idylle. — 15
— Op. 25. „Wanda.‟ Mazurka brillante.‟ — 15
— Op. 26. Jägerfahrt, Clavierstück. — 20
— Op. 27. Perles et Diamants. Valsbrillante. — 17½
— Op. 28. Dolorosa. Méditation. — 10
— Op. 29. Treue Liebe. Melodie. — 12½
— Op 30. Zephirine. Mazurka brillante. — 12½
— Op. 31. Edelweiss. Idylle. — 12½
— Op. 34. Le Retour du Printemps. Pièce caract. — 15
— Op. 43. Fischerlied. — 12½
— Op. 45. Langage d'amour. — 12½
— Op. 46. Stille Liebe. — 15
— Op. 47. Au bivouac, Galop. — 22½
— Op. 48. Fleurs fanées. — 12½
— Op. 49. Erinnerung. — 12½
— Op. 50. Serena, Polka brill. — 12½
— Op. 51. Minnelied. — 12½
— Op. 52. Einsame Thränen. — 12½
— Op 53. Hortensia, Valse brill. — 15
— Op. 54. Dein Eigen. — 12½
— Op. 55. La Sylphide. — 12½
— Op. 72. Hirtenleben im Gebirge. — 15
— Op. 73. Herzenstimmen. Nocturne. — 12½
— Op. 74. Frohes Erwachen. — 12½
— Op. 75. Liebessehnung. — 12½
— Op. 76. Schnitterlied. — 12½
— Op. 77. Thauperlen. — 15
Langert, A., „Des Sängers Fluch.‟ Oper. Transc. — 22½
Liszt, Fr., „Der Pabst-Hymnus‟ (L'hymne du
Pape-Jnno del Papa.) — 15
— Weihnachtslied. „Christus ist geboren!‟ — 5
— Les Adieux, Rêverie sur un motif de l'opéra
Romeo et Juliette de Gounod — 25

Thlr.Sgr.

Lorberg, P., Op. 12. No. 1. Nordische Romanze. — 10

No. 2. Tanzende Zigeuner. — 10

No. 3. Die Mühle im Thal. — 10

Löschhorn, A., Op. 85. „Wanderlust." — 17½

— Op. 91. Conversation musicale.

No. 1. La petite Galante — 15

No. 2. Romance. — 12½

No. 3. Barcarole. — 15

No. 4. Impromptu. — 12½

— Op. 92. Nocturne romantique — 17½

Lumbye, H. C., Des Künstler's Träume. — 15

— Traum einer jungen Mutter. — 15

— Liebesträume im Feldlager. — 12½

Micheuz, G., Prière. — 5

Oesten, Theodor, Op.326. Gr.Marche du Sultan. — 15

— Op. 327. 2 Idyllen: No. 1. Blumenweise. — 15

No. 2. Heideblümchen. — 15

Pfeiffer, G., Op. 13. La Kermesse de l'Opéra: „Faust" de Gounod. — 20

— 13bis. Faust. Fantaisie de Concert — 25

— Op. 16. Misèrere de l'Opéra: „Il Trovatore" de G. Verdi. Grand Transcription brillante pour la main gauche. — 20

— Op. 26. 4. Mazurka de Salon. Es-dur — 17½

— Op. 18. La Ruche (Der Bienenkorb). Idyll

— Op. 27. Six Romances sans paroles. 2 Cah. — 15

I. A travers champs. — Chanson polonaise. — Esmeralda. — 15

II. Chanson russe. — Sourir d'Enfant. — Dans les bruyères.

Rubinstein, A., Op. 14. Le Bal, Fantaisie en dix numeros. à 12½—20

— Barcarolle No. 4. — 15

— Album de danses populaires des différentes nations:

No. 1. Lesghinka (Caucause). — 20

No. 2. Czardas (Hongrie). — 17½

No. 3. Tarantelle (Italie). — 22½

No. 4. Mazurka (Pologne). — 17½

No. 5. Rousskaja i Trepak (Russie). — 20

No. 6. Valse (Allemagne). — 17½

— Op. 81. Six Etudes: No. 1. F-moll. — 12½

No. 2. A-dur. — 20

Thlr.Sgr.

Rubinstein, A.,   No. 3. G-moll.   — 17½

  No. 4. E-dur.   — 20

  No. 5. D-moll.   — 17½

  No. 6. Es-dur.   — 17½

Rummel, J., Réminiscences de la Mère sole-
nelle de Rossini. Suite I. u. II.   à — 20

Schloesser, A., Op. 46. „Chant montagnard.“
Tyrolienne.   — 12½

— Op. 51. „Le Muguet.“ Nocturne.   — 17½

— Op. 72. „Un songe d'enfant“   — 17½

— Op. 93. „Valesca.“ Mazurka.   — 15

— Op. 68. „Flocons de Neige.“ Caprice a la Valse. — 17¼

Schlottmann, S., Op. 19. Andantino mit Variat. — 15

— Op. 20. No. 1. Scherzo (D-moll.)   — 15

  No. 2. Scherzo (G-dur.)   — 12½

  No. 3. Romance.   — 7½

— Op. 21. Capriccio alla Mazurka.   — 17½

Schönburg, A., Op. 13. Das Maienfest.   — 15

— Op. 64. Le petit Savoyarde.   — —

— Op. 85. Jugendfreuden.   — 10

— Op. 66. Auf der Haide.   — 15

— Op. 71. Alpenveilchen.   — 12½

Schulz-Schwerin, C., Triumph-Marsch, Sr.
Majestät dem Könige von Preussen gewidmet. — 12½

Schumann, G., Op. 11. Tarantella.   — 20

— Op. 12. Valse brillante.   — 20

Taubert, W., Op. 146. Geburtstagsmarsch zur
Geburtstagsfeier Sr. Königl. Hoheit des Prinzen
Friedrich Wilhelm Nicolaus Albert   — 15

— Frühlingsklänge. 6 Stücke.   1 —

Trehde, G., Op. 99. Transcription über „Du
bist wie eine Blume.“ Lied von Fr. Kücken. — 22½

— Op. 100. Transcription über „Der Erlkönig.“
Lied von Fr. Schubert.   — 20

— Op. 108. Fant. üb. d. Preussenlied v. A. Neithardt. — 20

— Op. 121. An Rose, Lied von Curschmann. — 17½

— **Volkslieder-Album.** Samml. von 100 beliebt.
Volksliedern in 10 Heften.   à 1 —

Weitzmann, F., Valse noble No. I. dédiée à
Mme. de Schleinitz.   — 17½

— No. II. dédiée à Mr. Tausig   — 17½

— No. III. dédiée à Mr. de Bülow.   — 17½

Wieniawski, J., 8 Romances sans paroles. Cah. I. — 22½

  Cah. II. — 20

Thlr.Sgr.

Für das Pianoforte zu 4 Händen.

Billema, Fr., Fantasie sur le premier jour de bonheur d'Auber.   1 —

Brunner, C. F., Op. 465. 3 Sonatinen im leichten instruct. Styl (G. F. D.)   à — 15

Dorn, H., Erinnerung an der Königin Weinberg. Thema und Var.   1 —

Dornheckter. R., Impromptu en forme de Mazurka.   — 17½

Ganz, W., Grand Duo de l'Opéra: „Guillaume Tell" de Rossini.   1 10

Gung'l, J., sämmtliche Tänze.   à 7½—20

Koehler, Op. 13., 12. Handstücke.   Heft I.   — 10
                      Heft II.   — 25

Liszt, Fr., Valse de l'opéra „Faust".   1 5
— Hymne du Pape.   — 17½

Loeschhorn, A., Op. 86. Leichte vierhändige Stücke. Heft I., II., III   à 12½—15

Offenbach, J., Pariser Leben. Potpourri.   — 27½
— Grossherzogin von Gerolstein. Potpourri.   - 25

Ramann, B., Op. 10. Vier Clavierstücke.
         No. 1. Marsch.   — 12½
         No. 2. Maienfest   — 7½
         No. 3. Auf der Winzerei.   — 15
         No. 4. An die Nacht.   — 12½

Rubinstein, A., Ouverture de l'Opéra: „Dimitri Donskoi."   1 10
— Contredanse arr.   1 2½
— Galop arr.   — 25
— Polka arr.   — 20
— Valse arr.   1 —
— Iwan IV., musikalisches Characterbild.   2 —

Rummel, J., Robinson Crusoë de J. Offenbach, Duo.   — 20

Schlösser, Ad., Op. 59. Gr. Duo sur l'Opéra de Verdi: „Il Trovatore."   1 5
— Op. 65. Gr. Duo sur l'Opera de Verdi: „La Traviata."   1 5

Schlottmann, L., Op. 18. Ouv. zu „Romeo und Julie" arr.   — 25

Stiehl, H., Aquarellen, leichte Stücke. Heft I   — 20
                      Heft II.   — 22½

Taubert, W., Op. 146. Geburtstagsmarsch zur
Geburtstagsfeier Sr. Königl. Hoheit des Prin-
zen Friedrich Wilhelm Victor Albert arr. — 27½
Wüerst, R., Op. 44. „Ein Mährchen,“ Phan-
tasiestück. 1 12½
— Op. 50. Variationen über ein Originalthema. — 15

Tänze und Märsche für Pianoforte.

Apitius, C., Op. 26. Irena, Polka-Mazurka — 7½
— Op. 31. Dornröschen, Rheinländer. — 7½
— Op. 35. Zeitgeist, Walzer. — 15
— Op. 31. In Liebchen's Arm, Polka — 7½
— Op. 37. Cavalier-Marsch. — 7½
Arndt, C., Op. 12. Blondin-Polka — 7½
— Op. 13. Berliner Pferde Eisenbahn-Galopp. — 10
— Op. 19. Berliner Feuerwehr Galopp. — 10
— Op. 35 Preussischer Waffenruhm, Marsch — 7½
Blal, R., Op.45.Röschen hatte einen Piepmatz,Marsch.— 7½
Bilse, B., Op. 31. Concerthaus-Polka. — 10
Blume, O., Der schöne Meyer, Polka. — 7½
Conradi, A., Op. 116. Auf eigenen Füssen.
Galopp. — 7½
Freising, A., Neuer Gesellschafts-Tanz: Königg-
grätzer Galopp. Musik von Brehmer. — 10
Gungl, Jos., Op. 221. Huldigung den Münchnern,
Marsch. — 7
— Op. 222. Visionen Walzer. — 15
— Op. 223. Die Bayadere, Polka. — 7½
— Op. 224. Deutscher Muth, Marsch, — 7½
— Op. 225. Tonmosaik, Potpourri.
— Op. 226. Pandekten, Walzer. — 15
— Op. 227. Plaudermäulchen, Polka. — 7½
— Op. 228. Der kleine Trompeter. — 7½
— Op. 229. Corpsballtänze, Walzer. — 15
— Op. 230. Tafelrunde Walzer. — 15
— Op. 231. Sylvesterträume Walzer. — 15
— Op. 232. Im Traum. Polka-Mazurka. — 7½
— Op. 233. Wanderlust, Manövrirmarsch. — 7½
— Op. 234. Sonnwendfenerklänge, Walzer. — 15
— Op. 235. Salut à Genève, Polka-Mazurka. — 7½
— Op. 236. Les Adieux, Valse. — 15
— Op. 237. Casino-Tänze. Walzer. —. 15
— Op. 238. Studenten-Polka — 7½

Thlr.Sgr

Gungl, Jos., Op. 239. Der Bummler-Marsch. — 7½
— Op. 240. Gruss an's Vaterland Czardas — 7½
— Op. 241. Gedenke mein! Polka-Mazurka. — 7½
— Op. 242. Namensfeier-Polka. — 7½
— Op. 243. Improvisationen. Walzer. — 15
— Op. 244. Waldröslein; Polka-Mazurka. — 7½
— Op. 245. In stiller Mitternacht; Polka. — 7½
— Op. 246. Die Internationalen; Walzer. — 15
Heinsdorff, G., Op. 98. Rebenduft-Rheinländer. — 7½
— Op. 99 Sorgenbrecher Galopp. — 7½
— Op. 100. Bivouacfreuden-Marsch. — 7½
— Op. 101. Gretchen-Polka. — 7½
Hertel, P., Polka-Polacca, Steuer-Gesellschafts-
tanz. — 5½
— Op. 87. Potpourri. 1 —
— Op. 88. Polka. — 7½
— Op. 89. Bouquet-Walzer. — 15
— Op. 90. Amoretten-Polka } aus — 7½
— Op. 91. Polka-Mazurka. } „Don Parosöl". — 7½
— Op. 92. Galopp. — 7½
— Op. 93. Quadrille. — 10
— Op. 94. Potpourri 1 —
— Op. 95. Amazonen-Marsch } aus — 7½
— Op. 96. Persischer Marsch } „Fantaska." — 7½
— Op. 97. Walzer. — 15
— Op. 98. Quadrille. — 10
Kéler-Béla, Op. 65. „Die Sprudler." Walzer. — 15
— Op. 77. Berliner Kinder-Walzer. — 17½
— Op. 83. Am schönen Rhein gedenk' ich Dein. — 15
— Op. 84. Kimo-Kaimo-Galopp. — 7½
— Op. 85. Rheinlust-Polka. — 7½
— Op. 86. Mercur-Galopp. — 7½
Laudenbach, Marsch von Problus u. Prim am
3. Juli (Königl. Preuss. Armee-Marsch No.194). — 7½
Leutner, Albert, Op. 51. La Caresse-Polka. — 7½
Metra, Rosen-Walzer. — 15
Saro, H., Op. 52. Königgrätzer Siegesmarsch. — 10
— Die Gemüthliche Polka-Mazurka. — 7½
Strauss. J. (Paris), Quadrillen aus Offenbach-
schen Opern:
Blaubart. — 10
Pariser Leben. — 10
Die schöne Helena. — 10

Strauss, J., Toto.   — 10
         Périchole.   — 10
         Die Insel Tulipatan.   — 10

Berliner Tanz-Album für 1870.

Enth.: **Conradi,** Im Brautschmuck, Polonaise; **Gung'l,**
Casino-Tänze, Walzer; **Hertel,** Eskimo-Polka
aus „Fantaska"; **Conradi,** Auf eigenen Füssen,
Galopp; **Apitius,** Schweizer-Alpenklänge, Polka-
Mazurka; **Strauss,** Toto-Quadrille.   netto 15

Valentin, P., Les pianistes de l'avenir. 6 danses
faciles. No. 1. Marguerite, Polka.   — 5
         No. 2. Marie, Valse.   — 5
         No. 3. Jeanne, Polka-Mazurka.   — 5
         Ne. 4. Paul Marche.   — 5
         No 5. Albert, Boléro.   — 5
         No. 6. Frédéric Galop.   — 5

Für Pianoforte mit Begleitung verschiedener Instrumente.

Cohen, J., Miserere du „Trovatore," Opéra de   Thlr.Sgr
G. Verdi, p. Piano, Orgue, Violon ouViolonc. 1 —

Dancla, L., Bluettes. 16 pièces faciles et carac-
téristiques pour le Violon et Piano.
     Suite I.   Enfantillege -- 1re Mazurka —
             Barcarolle — Petite valse.
     -   II.   Au bord de l'atlantique. — An-
             dante cantabile. — Prière. --
             Petit Rondo.
     -   III.   Petite Ballade. — 2e Mazurka. —
             Cantabile religieux. Impromptu.
     -   IV.   Sérénade. — Rondo pastoral. --
             Fête au hameau. — Marche.

Fruits d'Opéras.

Collection des Morceaux élégants et faciles pour Piano
et Violon par F. Gumbert, H. Mendel, J. Weiss:

No. 1. Arditi, L., Il Bacio.   — 10
- 2. Offenbach, J., Orpheus in der Unterwelt.   — 10
- 8. Maillart, A., Das Glöckchen des Eremiten.   — 12½
- 4. Gounod, Ch., Faust.   — 12½
- 5. Offenbach, J., Herr und Madame Denis.   — 12½
- 6. Verdi, G., Berühmte Canzone aus Rigoletto.   — 10

Thlr. Sgr.

No. 7. Offenbach, J., Fortunio's Lied — 12½
- 9. Verdi, G., Trovatore. — 15
- 10. — Rigoletto. — 15
- 11. Gluck, von, Reigen der seligen Geister
aus Orpheus. — 15
- 12. Offenbach, Die schöne Helena. — 15
- 13. — Die Grossherzogin von Gerolstein. — 20
- 14. — Blaubart. — 20
- 15. — Pariser Leben. — 22½

Grünwald, A., Streich-Quartette von Jos.
Haydn für Violine u. Piano eingerichtet.
12 Hefte à 7½ — 25

— Streich-Quartett von L. van Beethoven
für Violine und Piano eingerichtet. 10 Hfte. à 10—17½

Hering, C., Op. 912. „Die Kunst des Violinspiels"
Salon-Compos. u. Materialien f. den Unterricht
in Bearbeitungen beliebt. Melodieen d. Classi-
ker und Modernen für Violine mit Piano:
Heft   I. Deutsche Volkslieder — 17½
-       II. Georgette, altfranz. Ballade, Ständchen
aus „Don Juan," v. Mozart, altengl.
Volkslied, Isabella, altfranz. Romanze,
Provençalische Romance. — 17½
Heft. III. Arie aus: „Belisar," Siciliano von
Gebauer Lied der Meermädchen aus
„Oberon" von C. M. v. Weber' — 12½
-       IV. Dorina, altfr. Lied. Pauvre Jacques,
altfr. Lied. Menuett aus: „Don Juan." — 17½
-       V. Turnfahrt, Potpourri über Turnlieder. — 10
-       VI. Chor aus: „Don Juan." Rondo von
Viotti. Alla Turca von Mozart.
Studie von C. Hering. — 25
-       VII. Tyrolienne aus: „Marie." Carneval de
Venise. Fantaisie aus: „Trovatore." — 22½

Kiel, Friedr., Op. 24. Trio A-dur (La-majeur)
für Pfte., Violine und Violoncelle. 2 20
— Op. 37. Variationen über ein schwed. Volkslied,
für Pianoforte mit Violinbegleitung. 2 —

Radecke, R., Op. 33. Trio für Pianoforte,
Violine und Cello. 3 25

Singelée, J. B., Fantasien f. Pfte. u. Violine:
No. 1. Faust von Gounod. 1 —
- 2. Traviata von Verdi. 1 —

Singélée. J. B., Fantasien f. Pfte. u. Violine:
No. 3. „Die Afrikanerin" von Meyerbeer.   1 10
- 4. Die Zauberflöte von Mozart.   1 —
- 5. „Mignon" von Thomas.   1 —
- 6. Don Carlos von Verdi.   1 —
- 7. Le premier jour de bonheur d'Auber.   — 25
Wieniawski, J., Sonate pour Piano et Violon 4 —
Wilmers, R., Op. 94. **Sonate B-dur, pour Piano**
et Violon.   2 22½

Für Orgel, Physharmonika und Harmonium.

Bial, C., Sammlung beliebter Lieder für Har-
monium. Heft I. 20 Sgr., Heft II 12½ Sgr.
Boom, J. van, Sammlung beliebter Stücke
aus den Werken von Beethoven, Händel und
Mozart, für Harmonium oder Pianoforte.
— Heft 1. **Mozart, Zauberflöte** () Isis und
Osiris. b. Choral. c. Mars: d. Arie
des Sarastro. e. Arie der Pamina. —
Händel, **Messias:** Ouverture, Halleluja.   — 17½
— Heft II. **Händel, Messias:** Chor: Denn die
Herrlichkeit Gottes. **Beethoven.** An-
dante aus der Sonate Op. 57. — **Händel,**
Messias: Chor: Durch seine Wunden.
Würdig ist das Lamm.   1 —
Engel, D. H., Choralbuch (mit Zwischenspielen)
zur gottesdienstl. Feier f. Kirche u. Haus ein-
gerichtet. M. einem Anhang geistl Lied. 2 Th.   3 —

Gesangs-Musik.

Zwei- und mehrstimmige Gesänge mit und ohne Begleitung.

Abt, F., Op. 234 Fünf Lieder für gemischten
Chor. „Maienwind". „Waldfrieden". „Wie
schön ist doch das Wandern". „Bleibe
hier bei mir". „Am Bach". Part. u. Stimm.   1 5
Gabussi, „Mezza notte" (Um Mitternacht).
„Poco l'ora e omai lontanna" (Lange harr'
ich hier mit Sehnen). Für Sopran u. Tenor.   — 10
Heiser, W., „Das Vaterland," „Kennt ihr das
Land, so wunderschön," für 4 Männer-
stimmen.   Partitur u. Stimmen.   — 7½

Hering, C., Op. 100. „Thea". Eine Rosensceno   Thlr. 8gr.
für Sopransolo, Altsolo und dreistimmigen
Frauenchor mit Pfte.-Begl.   Clavier-Ausz.   1 —

Mantius, E., Terzett: „Wie ist doch die Erde so
schön" f. 2 Sopran- u. 1 Altstimme. Part. u. Stimmen — 10

Ramann, B., Liebesfrühling, ein Zwiegesang
für Sopran und Tenor.

     No. 1. Erstes Begegnen   -- 10
     - 2. Ständchen.   — 12½
     - 3. Geliebt.   — 10
     - 4. Seel'ge Zeit.   -- 15

Saro, H., Ständchen. „Klinge leise, fromme
Weise." Von Ant. Conrad für Männer-
stimmen.   Partitur u. Stimmen.   -- 10

Sering, F. W., Op. 45. 4 Juniuslieder.
            Partitur und Stimmen — 15
— Op. 63. „Morgenstille", Duett.   — 12½
— Op. 64. „Am Waldteich", Duett.   — 15

Tschirch, K., „Düppel - Schanzen - Sturm-
Marsch". „Frisch auf, Soldaten, zum Sturm."
Für 4 stimmigen Männerchor arr.
            Partitur u. Stimmen   — 17½
— Arien und Gesänge aus W. A. Mozart's
Oper: „Die Zauberflöte" für vierstimmigen
Männerchor in Partitur und Stimmen.
     No. 1. „Der Vogelfänger bin ich."   — 10
     No. 2. „Bei Männern, welche Liebe."   — 12½
     No. 3. „O Isis und Osiris."   — 10

Lieder und Gesänge für eine Singstimme mit Pianoforte - Begleitung.

Lieder-Album, Auswahl von 20 Liedern von
Beethoven, Mozart, Schubert, Schu-
mann, Abt, Gounod, Gumbert, Kücken,
Taubert u. A.

Bach, J. Seb., 6 deutsche Lieder (Erbauliche
Gedanken. — Gedenke, dass du. — Bist du bei
mir. — Trost. — Geistl. Lied) m. Clavierbegl.
von V. Lachner. Herausgeg. v. C. H. Bitter. — 20

Badia, L., Canzonetta. „Theresa senti qua"   Thlr. 8gr
(Therese höre mich an).   2 Bogen.

Balfe, M. W., Cavatine: „Komm', o süsses Liebchen (Come into the Garden). Deutsche Bearbei-
tung von Ferd. Gumbert.   3 Bog.

Bial, R., Op. 43. Ich weiss nicht, wie mir ist
geschehen. — 7½
— Op. 44. Walzer-Rondo, Hör' ich die rauschen-
den Weisen erklingen — 15
Bradsky, Op. 21. Zwei Lieder. Volkslied
von Petöfy: „Blätter lässt die Blume fallen."
Liebesbegegnung von Damner: Ich dachte
dein in dunkler Nacht." — 12
Dannström, J., Drei Waldblumen aus Finn-
land (Heimweh = Wie lange soll ich noch
harren — Der Hirtin Gesang). Lieder mit
deutschen und schwedischen Worten unterl.
von Ferd. Gumbert. — 12
Dressel, B., Gondolier — Lied — Alpen-
glöckchen. à 10 und 12½ Sgr.
Durand, E., „In der Jugendzeit." Glänzend
strahlte die Sonne" (Comme à vingt ans).
Mélodie. Deutsch von Ferd. Gumbert.
Für Sopran E-dur und für Alt. Es dur à — 5
Ehrlich, H., La Charmeuse, Valse composée
pour Mademoiselle Artôt d'après des mo-
tifs de Strauss père. — 17½
Ganz, W., Vergissmeinnicht (Forget me not.
— Ne m'oubliez pas. — Non scordar di me)
Lied mit deutschem, engl., französ. und
italienischem Text. — 12½
— „Seit gestern" (Since yesterday. — Depuis
hier. — Da jeri.) — 12½
Gounod, Ch., „L'ame d'un ange". „Seit ich
dich verloren habe" Deutsch v. Gumbert.
Für Sopran G-moll u. für Alt E-moll. à — 10
— „Medjé!" „O Medje, du schlugst in Ketten".
(O Medje, qui d'un sourire). Arabisches
Ständchen, übersetzt von F. Gumbert.
Für Sopran F-moll oder für Alt C-moll. à — 12½
Gumbert, F., „Sehnsucht." Ged. v. A. Paul,
m. Benutzung einer Melodie v. Otto Nicolai's
„lustigen Weiber von Windsor." „Was schlägst
du denn, mein Herz so bang'."f. Sopr. oder Alt à — 10
Heiser, W., Op. 103. Zwei Lieder im Volkston.
No. 1. Es war so still. — 10
- 2. Hat Alles dich verlassen. — 7½
Hennig, C., Op. 73. Die Engel der Menschen. — 5
— Op. 74. Das Mutterherz. — 5

Thlr. Sgr.

Herz, Hedwig, 12 Lieder v. Heine für eine mittlere Stimme. 3 Hefte à 12—20 Sgr.

Lang, A., „Heimliche Liebe." „Ich trag' eine Lieb' in meinem Herzen." — 10

Mattei, T., Il ne revient plus (Non tornò). — 10
— Ce n'est pas vrai (Non è ver). — 10
Lenartowicz. „Hej! tam na górze stata." 2 Bog.

Muratori, G., „Pourquoi?" (Warum?) „Si vous n'avez rien à me dire." „Hast wirklich du mir nichts zu sagen." Für Sopran. — 7½

Muzio, E., „Die Nachtigall." Arie „Wollte nur dich singen hören." „Oeste il mio Usignuoletto." — 17½
— „Charlotta Patti," Bravour-Walzer. „Ah! ah! è bello alpar." „Ah! ah! schön ist er, so schön." — 15

Nationallied, Schottisches, von R. Burns. „Coming through the rye." „Watend durch den Bach." — 7½

Naumann, E., Op. 29. Frühlingsfeier — Schäfers Klagelied = Loreley — Die Lerchen — Seejungfern — Doppelte Gefahr. 2 Hefte à — 22½

Oberthür, Ch., Gold'ne Zeit. — 12½

Randegger, A., Vier Freier. — 12½

Rubinstein, A., Hüte dich. — 7½
— Zehn Lieder aus dem Französischen, Englischen und Italienischen. à 5 bis 12½

Schärtlich, J. C., „Mein Wunsch." „Ich möchte mit dem Strome rauschen." Für eine Singstimme. — 5

Schlottmann, L., Op. 24. Mädchenlieder.
No. 1. In meinem Garten die Nelken. — 5
- 2. Wohl waren die Tage der Sonne. — 5
- 3. Gute Nacht, mein Herz. — 5
- 4. Mignon's Lied. — 5
— Op. 25. Sieben Lieder.
No. 1. Du musst an eine treue Brust. — 5
- 2. Ständchen. — 7½
- 3. Du bist mein. — 5
- 4. Im Frühling. — 5
- 5. Heimlicher Liebe Pein. — 10
- 6. Nur ein Blick. — 3
- 7. Dulde, gedulde dich fein. — 10

Stiehl, H., 6 Lieder für eine Singstimme 1 —

Weckerlin, J. B., Sérenade aus: „Ruy Blas." Thlr. Sg).
„Was soll ich begehren" Für Sopran Es-dur
und Alt C-dur.   à   — 10
Wüerst, Rich., Op. 43. „Das kranke Kind."
„Die Gegend lag so helle", f. 1 Mittelstimme.   — 10
Wolanski, Graf **Ludw.,** „An die Hoffnung."
„Holde Göttin, Pflegerin der Wunden."   — 7½
Yradier, „Ay chiquita." Chanson espagnole. „On
dit que l'on te marie." „Du wirst dich nun bald
vermählen " „Mechandicbo de que de casás."   2 Boz

Hauptner, Th., Methode der Gesangskunst.
Vollständiger theoretisch-praktischer Lehr-
gang nach den Prinzipien der modernen
französischen Schule.   Subscript.-Pr.   6 —

Neueste Bither - Musik.

Gungl, Jos., Tänze für Zither arrang.
— Op. 80. „Träume auf dem Ocean," Walzer.   — 7½
— Op. 96. „Erinnerung an Peterhof," Walzer.   — 7½
Hermann, Ed., Compositionen u. Transcript.
— Op. 4. „Die Gemüthlichen," Ländler.   — 10
— Op. 5. Lieder aus dem Süden im Ländler-Styl. — 10
— Op. 6. Worte der Liebe.   — 5
— Op. 7. „Bertha-Klänge", Walzer.   — 12½
— Op. 8. Melodien aus dem Süden, Ländler.   — 10
— Op. 9. Zwei Lieder von F. Schubert
          No. 1. Ständchen.   }
          -   2. Trockne Blumen.   }   — 12½
— Op. 10 Zwei Lieder ohne Worte.
          No. 1. Erinnerung.   }
          -   2. Liebesgrüsse.   }   — 10
— Op. 11. Fern von hier!   — 5
— Op. 12. Eleonoren-Polka.   — 7½
— Op. 13. I Lieder-Potpourri.   — 10
— Op. 14 II. Lieder-Potpourri.   — 10
— Op. 32. Neue, leicht fassliche „Berliner
          Zitherschule".   1 22½
— Op. 34. Erinnerung an Babelsberg", Salonstück. — 12½
— Op. 35. Schlesische Lieder von Bilse (für
          zwei Zithern).   — 25
Piefke, G., Düppel-Schanzen-Sturm-Marsch,
für Zither arrang. von M. Albert.   — 7½